LA FRANCE

ET

LES DEUX NAPOLÉON

PETIT POÈME

PAR

CLOVIS BESSON

ÉLÈVE A L'INSTITUTION NATIONALE DES JEUNES AVEUGLES.

BORDEAUX

RAGOT, IMPRIMEUR, RUE DE LA BOURSE, 11

1852.

LA FRANCE

ET

LES DEUX NAPOLÉON.

LA FRANCE

ET

LES DEUX NAPOLÉON

PETIT POÈME

PAR

CLOVIS BESSON

ÉLÈVE A L'INSTITUTION NATIONALE DES JEUNES AVEUGLES.

BORDEAUX

RAGOT, IMPRIMEUR, RUE DE LA BOURSE, 11

LA FRANCE

ET

LES DEUX NAPOLÉON

PETIT POÈME.

Voyez, voyez ce chêne, altier vainqueur des âges,
Porter avec fierté son front dans les nuages !
Il est de la forêt et la gloire et l'honneur ;
A son ombre souvent s'endort le voyageur ;
Comme un manteau flottant le couvre son feuillage ;
Le passereau s'y met à l'abri de l'orage,
Et le tendre ramier, beau messager d'amour,
Dans ses asiles frais échappe aux feux du jour.
Les arbres à l'entour, quand souffle la tempête,
Faibles roseaux courbant une craintive tête,

Tremblent, ivres d'effroi sur leurs pieds chancelants;
Lui demeure immobile et brave les autans.

Ainsi tu dominais, ô ma France chérie!
Quand, le front couronné des palmes de Syrie.
A cent peuples divers tu prescrivais des lois,
Et voyais à tes pieds les Trônes et les Rois!

Un jeune homme, un héros, un conquérant prophète,
(Tu volais avec lui de conquête en conquête!)
Enivré de ta gloire, heureux de ton bonheur,
Faisait partout flotter ton étendard vainqueur;
Sorti des flots grondants de l'horrible tempête,
Qui du pouvoir royal avait brisé le faîte;
Ennemi des bourreaux qui déchiraient ton sein,
NAPOLÉON paraît ..... et l'univers soudain.
Comme sur l'astre-roi, dont la chaleur féconde
Fait éclore les fleurs, donne la vie au monde,
Sur lui fixa ses yeux; et toi, toi ses amours,
Belle France, tu vis renaître de beaux jours.
Par lui tu vis bientôt l'Égypte, l'Italie.
La puissante Allemagne et la fière Ibérie,
Incliner à ton nom leurs fronts cicatrisés;
Ta couche se forma de leurs drapeaux brisés!
Il marchait foudroyant les rois sur son passage;
Moins rapide est l'éclair, précurseur de l'orage,

Moins prompt est dans son vol le vent qui des déserts
Soulève en tourbillons les sables dans les airs ;
Sur un char triomphal, ce héros, ton idole,
Revenait-il vainqueur des tonnerres d'Arcole ?
Il ne voulait, pour prix de ses faits glorieux,
Qu'un baiser de ta bouche, un souris de tes yeux ;
Du grand nom de SAUVEUR, dans ton amour extrême,
O noble France ! alors, tu le nommais toi-même.
De tes enfants chéris voyais-tu les plus beaux
Moissonnés dans leur fleur défendant tes drapeaux ?
De poignantes douleurs s'emparaient de ton âme ;
Comme un baume enchanteur, comme un divin dictame,
Alors, pour adoucir, France, tes maux cruels,
Il t'offrait des combats les lauriers immortels.
Il tomba, cependant, ce héros magnanime :
Ainsi le Roi des airs planant d'un vol sublime,
Frappé d'un trait mortel, de la voûte des cieux
S'abat ; tel ton sauveur partout victorieux,
Des rois coalisés, dans une horrible lutte
Trahi, devint la proie ; il succombe, et sa chûte,
Du sort capricieux ouvrage trop fatal,
De ton abaissement, ô France ! est le signal.
Reine des Nations, tu deviens leur captive ;
En vain, jusques au ciel, monte ta voix plaintive ;
D'avides étrangers déchirent ton manteau
Et foulent sous leurs pieds ton glorieux drapeau ;

Du monarque martyr un frère te possède.
Il expire bientôt; Charles dix lui succède;
Charles dix, prince doux et jaloux de tes droits,
Souffre l'affreux exil une seconde fois.
Il part, et sur ses pas un ange d'innocence,
Du noble sang des rois la dernière espérance,
Sur un sol étranger, en répandant des pleurs,
Va de son triste sort partager les rigueurs.
D'Orléans qui rêvait un pouvoir éphémère,
D'Orléans, élevé par le flot populaire,
Prend le sceptre fatal des proscrits malheureux,
Et son règne est celui de l'égoïsme affreux.
Mais Dieu qui des états tient en mains la balance,
Dieu qui punit le crime et venge l'innocence,
Permit que le torrent des révolutions
S'échappât de son lit, allât des factions
Réveiller la fureur et la haine endormie.
Le nouveau roi croula. Sa famille chérie
A son tour des proscrits mange le pain amer.

Quelle puissante main, de cette horrible mer,
Dont le flot écumant vers ta perte t'entraîne,
France, peut te sauver? Est-ce une main humaine?
Non, c'est la main de Dieu, c'est la main de Celui
En qui les Nations trouvent leur seul appui.
A lui seul appartient l'éternelle puissance;

Lui seul est grand; lui seul peut de la belle France
Écarter ces essaims d'hommes ambitieux
Que soudain elle a vus se former sous ses yeux,
Et, comme des serpents acharnés sur leur proie,
De son sang, de ses pleurs s'abreuver avec joie.
De la Société coupables ennemis,
Exécrables démons par les enfers vomis,
Le droit de posséder, par vous mis en balance,
Vous l'appelez un droit fruit de la violence.
La famille pour vous n'est, ô comble d'horreur!
Qu'un mot vide de sens, qu'un vain amour du cœur.
Principes effrayants, déplorable doctrine,
Dont le germe est l'orgueil et le fruit la ruine.
Par ces enfants ingrats, hélas! frappée au cœur,
O France! tu levas tes mains vers le Seigneur,
Tu fis monter vers lui ton ardente prière :
Dieu fut-il jamais sourd aux plaintes d'une mère?
« O toi, Père éternel, qui, du trône des cieux,
« Sur l'homme gémissant daigne jeter les yeux!
« Toi que celui qui souffre en vain jamais n'implore!
« Dieu tout-puissant et bon que l'Univers adore!
« Prends en pitié les pleurs de mes yeux languissants;
« De ma mourante voix écoute les accents;
« Si tu plaignis jamais la douleur maternelle,
« Oh! soulage le sort d'une pauvre mortelle,
« Belle et fière jadis en ses jours triomphants,

« Et que meurtrit, hélas! la main de ses enfants.
« Ils ont chargé mes bras des fers de l'esclavage;
« Ils déchirent mon sein dans leur aveugle rage;
« Ils couvrent par leurs cris le cri de mes douleurs,
« Et par des ris amers répondent à mes pleurs;
« Sur ces fils, mes bourreaux, j'appelle ta clémence;
« Fais éclore, Seigneur, mon jour de délivrance;
« Après l'horrible nuit, sur moi, dans ta bonté,
« Fais luire l'astre pur de la prospérité.
« Tu me verras toujours marcher à ta lumière. »
Elle dit : Jéhovah sourit à sa prière;
Et les saints, prosternés aux pieds de l'Éternel,
Attendaient humblement le décret solennel.

Après quelques instants d'un sublime silence :
« Éclatant séraphin, protecteur de la France,
« Va, dit le Roi des Rois, prends ce glaive vengeur,
« Que pour les fils ingrats a forgé ma fureur;
« Va, punis les bourreaux de la fille que j'aime. »
L'immortel, à ces mots, devant l'Être Suprême,
Incline avec respect son front majestueux;
Le fer brille en ses mains, l'éclair est dans ses yeux.
Il s'élance soudain du haut de l'empyrée,
Et fendant d'un vol prompt la campagne éthérée,
Où roulent mille corps d'harmonie et d'amour,
Il arrive bientôt au terrestre séjour.....

Il était un enfant, nourrisson de la gloire,
Dont le nom fut toujours chéri de la victoire,
Louis-Napoléon. prince enflammé d'honneur,
(Car le sang du héros a coulé dans son cœur);
Du peuple qu'il aimait déplorant les misères,
Pour la France il rêvait des destins plus prospères,
Quand la céleste voix de l'esprit bienheureux
Fit entendre ces mots à son cœur généreux :
« Le sort des nations pèse dans la balance;
« L'Éternel t'a choisi, tu dois sauver la France;
« Fils de la liberté, prends ce glaive vengeur
« Qu'en un jour de justice a forgé sa fureur.
« Souvent frappe, punis, mais plus souvent pardonne;
« Qui pardonne ici-bas au ciel a la couronne; »
Il dit: et disparaît ainsi qu'une vapeur,
Laissant en traits de feu ses ordres dans ton cœur.
O mortel dont le nom partout répand l'ivresse,
Grande est ta mission, plus grande est ta tendrese!
La France est dans les fers, et tu dois la venger.
Dieu dirige ton bras, pour toi point de danger;
En vain autour de toi s'amoncelle l'orage,
Rien ne peut arrêter ton sublime courage;
Tu voles, et bientôt sous ta main tout fléchit
Par toi de ses liens la France s'affranchit;
Une nouvelle vie en elle prend naissance,
Et son cœur maternel s'enivre d'espérance;

Elle pressent déjà sa future grandeur;
L'Aigle de nos drapeaux relève la splendeur;
Et la Religion, arbre saint de la vie.
Comme la tendre fleur que l'hiver a flétrie
Renaît au doux printemps sous la main du zéphir,
Enfin en liberté sous toi va refleurir.
A ces signes pieux que donne ta sagesse,
L'Église a répondu par un cri d'allégresse;
Ce cri trouve un écho dans le cœur des Français;
Tous bénissent ton nom, tous disent tes bienfaits;
De l'Astre des Héros on voit en toi l'image.
Désirant un appui contre un nouvel orage,
La France, avec bonheur, sur toi fixe son choix,
Et ton grand nom jaillit de huit millions de voix!
Pilote reconnu par ce brillant suffrage,
Du vaisseau que ta main a sauvé du naufrage,
Tu prends le gouvernail, et les flots étonnés
Reculent en grondant l'un par l'autre entraînés.
C'est alors que ton cœur, noble espoir de la France,
Du ciel avec respect admirant la puissance,
Voulut aux yeux de tous offrir à l'Éternel
De ton beau dévoûment l'hommage solennel.
Pour le nouvel élu l'on vit la cathédrale
Rappeler des grands jours la pompe impériale;
Mille drapeaux livrés à l'haleine des vents,
Sur les antiques tours, flottaient à plis mouvants.

Un glaive d'une main, de l'autre une couronne,
Là, t'attendait la France assise sur son trône;
Sitôt que tu parais sous le dôme éclatant,
De ton Nom Glorieux soudain retentissant,
Elle marche vers toi rayonnante de gloire;
Moins belle on la voyait en ses jours de victoire,
Où l'univers tremblait au nom de son héros;
Avec un doux sourire elle te dit ces mots:

« O toi, qui m'as rendu ma liberté ravie,
« Qui des bords du cercueil as rappelé ma vie,
« Toi qui, si jeune encor, a vécu de douleur;
« Toi qui viens aujourd'hui m'apporter le bonheur;
« Des vainqueurs sur ton front en posant la couronne;
« Élu de Jéhovah, souffre que je te donne
« Pour prix de tous les biens dont m'a comblé ton cœur,
« Avec le nom de fils, celui de mon sauveur;
« Proscrit dès le berceau des lieux de ta naissance,
« Ta vie, hélas! n'était qu'une longue souffrance;
« Pour moi, mourant d'amour sur le sol étranger,
« Tu me redemandais à l'oiseau passager.
« Mais pourquoi du passé réveiller les alarmes,
« Quand l'avenir pour toi brille de tant de charmes?
« Pourquoi te rappeler les jours de ta douleur;
« C'est que leur souvenir déchire encor mon cœur!
« Non, non, tu m'es rendu, pour moi plus de souffrance;

« Ta main de mes tyrans a puni la démence,
« Respectée à jamais des peuples et des rois,
« Oh! mon fils, je vivrai sous tes aimables lois;
« De quels beaux feux pour moi l'horison se colore!
« Quel heureux avenir à mes yeux brille encore!
« Qu'à de nouveaux combats s'élancent mes enfants;
« Je les vois revenir heureux et triomphants;
« Leurs fronts sont ombragés de palmes immortelles,
« J'entends les cris vainqueurs de leurs aigles fidèles;
« L'Europe est à mes pieds une seconde fois,
« Sa tête s'est courbée impuissante à ta voix :
« Oui, tu deviens ma gloire après mon espérance. »

A son libérateur ainsi parlait la France;
Et les anges aux cieux, d'un accent solennel,
Chantaient : gloire à celui qu'a choisi l'Eternel!